Gallimard Jeunesse / Giboulées sous la direction de Colline Faure-Poirée

ISBN : 2-07-055487-2
Premier dépôt légal : juin 2004
Dépôt légal : septembre 2004
Numéro d'édition : 132590
Loi n° 49956 du 16 juillet 1949
sur les publications destinées à la jeunesse
Imprimé en France par *Partenaires-Livres*® (JL)

Léon, le roi des abeilles

Antoon Krings

GALLIMARD JEUNESSE / GiBOULÉES

Quand Benjamin montra à ses voisins la mystérieuse figurine qu'il venait de découvrir dans le jardin, Loulou le Pou ne put s'empêcher de sourire :

– Bien sûr, vous ignorez tous ce que signifie cette merveilleuse trouvaille…

– Moi, je sais très bien ce que cela signifie, rétorqua le lutin. Ça veut dire tout simplement que c'est mon jour de chance.

– Pas du tout, monsieur je sais tout, s'exclama Loulou. Ce que tu viens de trouver est une fève !

– Qu'entends-tu par là ? demanda le lutin quelque peu irrité. On ne comprend rien à ce que tu veux dire.

En guise de réponse, le pou se redressa de toute sa hauteur et d'un air souverain se mit à raconter ce jour glorieux où il fut couronné chez les enfants.

– Ainsi, grâce à cette fève, conclut-il, nous allons pouvoir acclamer notre roi.

– C'est exactement ce à quoi je pensais, dit Benjamin, qui ajouta avec entrain : courons vite annoncer la nouvelle aux autres et fêtons les rois comme il se doit.

Mireille était très occupée à tailler ses rosiers lorsqu'ils arrivèrent.
– Mireille ! Mireille ! s'écria Loulou. Nous allons donner une fête.
– Ah vraiment, dit l'abeille négligemment.
– Oui, et ce sera une fête d'un genre particulier, s'empressa de dire le lutin en brandissant la fève. Nous allons fêter les rois.
– Ah vraiment, c'est pour ça ? maugréa l'abeille. Mais en quoi ça me concerne, moi qui ne suis même pas reine ?
– Non, mais tu pourrais très bien le devenir, Mireille, s'exclama Loulou, car demain tout le monde sera invité et chacun aura sa chance.
– Et nous comptons sur toi pour annoncer au plus vite cette bonne nouvelle à la ruche, insista Benjamin avant de disparaître avec ses amis.

Ignorant sans doute qu'une simple petite abeille ou, pire, un vulgaire moucheron pouvait lui ravir sa couronne, la reine des abeilles accueillit la nouvelle avec joie.
– Oh, une fête pour moi ! Pour moi toute seule, mais c'est magnifique ! s'écria-t-elle en agitant ses petits bras potelés. Qu'on m'apporte aussitôt mon vanity… Allons, allons, dépêchons, mon vernis à paillettes, mon parfum mille-fleurs. Que je sois belle et parfumée comme un bouquet de fête !

Et pendant que la reine des abeilles se pomponnait et astiquait sa couronne, d'autres pétrissaient dans le plus grand des secrets…
– Mais la pâte est trop épaisse, Mireille. Regarde, on dirait de la glu, tellement elle attache.
– Là, je te l'avais dit, Benjamin ! Tu ferais mieux de me laisser faire, et toi, Loulou, arrête de traîner dans mes pattes ! Tu vois bien que ce n'est pas encore le moment de mettre la fève. Ah vraiment, on peut dire que tu nous as mis dans un beau pétrin !
Quand enfin ils réussirent à étaler la pâte, Loulou, d'une main tremblante, y glissa la fève.
– C'est parfait ! dirent nos petits mitrons. Maintenant, au four et qu'on se hâte !

Bientôt une friande odeur de galette embauma l'air et se répandit dans le jardin comme une pressante invitation à venir tous se mettre à table.
– Mes chers petits amis, soyez les bienvenus! lança le lutin. Très heureux!… Enchanté!… Charmé!… Ô Majesté, s'écria-t-il en s'inclinant devant la reine des abeilles, quel honneur!
– Et vous avez même apporté votre couronne, comme c'est gentil! ajouta Loulou en souriant à pleines dents.
Après avoir accueilli et compté ses invités, Benjamin découpa la galette qui trônait au milieu de la table. Le pou en profita alors pour disparaître sous la nappe et, à la demande du lutin, désigna d'une voix innocente la part de chacun. Puis, dans le plus grand des silences, chacun commença à manger sa part en épiant celle de l'autre. Il faut dire que dans cette course au trésor, chaque bouchée devenait une exploration où le moindre petit bruit de cuillère, le moindre toussotement ou crissement de dents les faisaient tous sursauter.

Alors imaginez un peu le désordre à table quand un convive laissa soudain échapper un cri de joie et retira de sa bouche pleine de galette la fève tant convoitée.
– La fève! hurla Benjamin. Léon a trouvé la fève!
Aussitôt tout le monde se pressa autour de l'heureux gagnant en criant: «Vive le roi! Vive le roi!» La reine des abeilles, qui s'attendait plutôt à entendre «Vive la reine! Vive la reine!», cacha sa colère et essaya de faire bonne figure, pensant qu'après tout elle n'avait rien à craindre d'un roi de pacotille sorti d'une galette. Elle décida même de s'en amuser un peu en posant sa propre couronne sur la tête du bourdon.
– Oh, le joli petit roi que voilà! Et maintenant, ajouta-t-elle, impatiente de retrouver son bien, choisis vite ta reine.
Léon ne bougea pas. Muet, il serrait contre lui sa fève.
– Eh bien, qu'est-ce que tu attends pour me choisir? insista la reine en se faisant plus pressante.
– Vas-y, jette-toi à l'eau, dit Benjamin avec un petit rire nerveux.

Le bourdon respira profondément et soudain, de façon tout à fait imprévue, sauta au cou de Mireille en criant :

– Ma reine !

– Oh ben ça alors, ben ça alors ! répéta l'abeille, qui n'en croyait pas ses oreilles. Jamais je ne me serais attendue à être reine si tôt.

– Ridicule ! s'exclama la reine des abeilles. De quel droit vous donnez-vous un pareil titre ? Vous ne pouvez pas être reine puisque je suis déjà la Reine.

– Il faut que Votre Majesté l'excuse, lui dit Benjamin, très embarrassé par la tournure que prenaient les événements. Voyons, Léon, fais donc un petit effort.

Mais le bourdon ne voulut rien savoir.
– Non, non, non, s'écria-t-il, je ne veux pas de la grosse dondon!
– Je ne peux supporter cela plus longtemps! hurla la reine des abeilles en saisissant la pelle à tarte. Je suis la Reine et personne ne me volera mon titre!
Hélas, mille fois hélas, elle eut beau se fâcher, faire des pieds et des mains, jamais Léon ne voulut lui rendre sa couronne.
Elle appela sa garde, mais déjà sa garde lui tournait le dos en acclamant Mireille: «Vive la reine! Vive la reine!» Alors, en désespoir de cause, elle s'inclina à son tour devant la petite abeille, esquissa une vague révérence et disparut en vitesse.

C'est ainsi que Léon devint roi des abeilles et qu'il s'installa avec Mireille à la ruche pour une lune de miel qu'il pensait éternelle. Mais, mais, mais…

Une fois remise de ses émotions, Mireille, qui tout compte fait préférait les nœuds jaunes aux couronnes dorées et son miel à la gelée royale, laissa Léon gouverner seul. Loin de s'en attrister, le bourdon devenu insatiable continua à se gorger des miels les plus précieux et à s'empiffrer des pollens les plus rares.

Ce qui n'était pas pour rassurer la vieille reine des abeilles, qui chaque jour peinait un peu plus à accomplir sa tâche de modeste butineuse. « Il faut absolument que je trouve un moyen de me débarrasser de ce gros voleur, parce que moi je n'en peux plus de mettre mon nez dans ces fleurs », soupirait-elle sans cesse en tramant toutes sortes de complots.

Mais elle n'eut pas besoin de conspirer bien longtemps, car celui qui avait été la cause de tous ses malheurs la délivra malgré lui de son triste sort. Un jour en effet, Benjamin, voulant brûler quelques herbes dans son jardin, enfuma la ruche par mégarde et plongea tous ses habitants, le roi compris, dans un profond sommeil.
En découvrant cet étrange spectacle, la vieille reine des abeilles ne se posa pas de questions. Elle rentrait péniblement du travail, et l'occasion était trop belle de reprendre à Léon sa couronne et son pot de gelée royale.
L'ayant ainsi dépouillé de ses attributs de roi, elle tira le bourdon par les pieds jusqu'au jardin, puis retourna vite à la ruche retrouver sa place.

Pendant ce temps, Léon s'étirait mollement sur le gazon.
« Où suis-je ? Et ma couronne ? Où est ma couronne ? C'est bizarre, je pensais que j'en avais une, dit-il en se redressant. Bah ! J'ai sans doute rêvé. »
Et, juste au moment où il se relevait, une petite chose dorée tomba de sa poche et se cacha dans l'herbe.